随心所『语』

SUIXINSUOYU

邢少英 著

中国文联出版社
http://www.clapnet.cn

图书在版编目（CIP）数据

随心所语 / 邢少英著 . -- 北京：中国文联出版社，
2014.6
ISBN 978-7-5059-8808-8
Ⅰ . ①随… Ⅱ . ①邢… Ⅲ . ①歌词集 – 中国 – 当代
Ⅳ . ① I227
中国版本图书馆 CIP 数据核字 (2014) 第 130609 号

随心所语

著　　者：邢少英

出 版 人：朱　庆
终 审 人：朱彦玲　　　　　复 审 人：王　军
责任编辑：胡　笋　　　　　责任校对：师自运
封面设计：马庆晓　　　　　责任印制：周　欣

出版发行：中国文联出版社
地　　址：北京市朝阳区农展馆南里 10 号，100125
电　　话：010-65389152（咨询）65067803（发行）65389150（邮购）
传　　真：010-65933115（总编室），010-65033859（发行部）
网　　址：http://www.clapnet.cn
E - mail：clap@clapnet.cn　　　　hus@clapnet.cn

印　　刷：中煤涿州制图印刷厂北京分厂
装　　订：中煤涿州制图印刷厂北京分厂
法律顾问：北京市天驰洪范律师事务所徐波律师
本书如有破损、缺页、装订错误，请与本社联系调换

开　　本：710 × 1000　　　　1/16
字　　数：50 千字　　　　　印 张：14.75
版　　次：2014 年 6 月第 1 版　　印 次：2014 年 6 月第 1 次印刷
书　　号：ISBN 978-7-5059-8808-8
定　　价：68.00 元

只要梦想活着，奇迹就不会死去。

Miracles will not die when you keep dreams alive.

——作者的话

邢少英，笔名思达，男，1958年4月出生，河北鹿泉市人，研究生学历。长期在基层和机关工作。现任衡水学院党委常委、纪委书记。曾参与撰写《乡镇企业经营管理概论》、《中小企业取胜之道》、《百舸争流》等著作。1985年获石家庄市劳动模范称号，1986年获河北省劳动模范称号，2005年获全国科技进步先进工作者称号，2012年获北京军区党管武装新闻人物称号。其音乐作品《中国无穷》，获河北省“五个一工程”奖。

自　序

寸金难买寸光阴。

对于每个人而言，时间比什么都珍贵。

由于工作原因，加上长期两地分居，我花费在路上的时间要多一些。还由于歌词创作不需要整装时间又不受条件限制，有一部手机就足够了。所以无论是外出开会、办事还是在回家的途中，只要灵感找我，我就会以最快的速度打开思想的闸门，或坐或躺在车里，尽情地抒发自己的愉悦之情，或安抚自己的忧烦之绪。这样，既可以给时间打个补丁，又能够满足自己的创作欲望，久而久之就养成了一个在车轮上写写画画的嗜好和习惯。

其实，三年前我对歌词创作连做梦都没有想过。是一次偶然的机会，让我毫无准备地闯进了这个既敬畏又陌生的门。缘，有时候总是让人不可思议。

那是 2008 年 10 月的一天，我同县委常委、宣传部长张英同志与二炮文工团马传革主任，一块商谈中国大营国际皮草交易会友情演出的事，我提出团里最好帮我们创作一首自己的歌曲。马主任为难地说，“时间太紧来不及了。”接着又说，“如果你能写出词来，我负责找人谱曲演唱。”将军将到这个份上，我有点逞能地说，“好，一言为定，谁也不能说了不算数。”就这样，自己把自己给套住了。

泼出去的水收不回来。试试看吧。你别说，憋了几天，还真的写出了两首：一首叫《枣强颂歌》，后改为《时代颂歌》，胡旭东作曲，李丹阳演唱。另一首叫《中国 OK》，文子作曲，金波演唱。经过大家的齐心努力，由中央电视台和二炮文工团共同举办的《裘都放歌》大型文艺演出取得圆满成功。我也从中得到了意外的收获。有时候，“自作自受”不一定是坏事。好油都是压榨出来的。

事到如今，我才真正明白，除了日常工作，我还能写点歌词。学学吧，写好写赖反正又没人逼咱怪咱。信心来了。

我理解，歌词是浓缩了人世间所有美的语言。美的语言是美的心灵与美的事物撞击时迸发出的最耀眼动人的火花。中国是美的海洋，看不到底，望不到头。创作的源泉汹涌澎湃，浩浩荡荡，有劲你就使吧。

我常常想，在人生的长河中如果能够泛起一朵美的浪花，被别人看见，并由此让人感动，是一件很了不起的事情。我无时无刻不在被他们泛起的美的浪花所感动。感动是人的本能，感动是被美征服的过程，感动是从心田滚出的暖流。如果留心的话，你会发现每天有多少感天动地的人和事就发生在我们的身边。因为这是一个让人感动的时代。

就是这样，感动让我不得不拿起笔，去记录下每一次感动。哪怕就几句话。想不到的是，我的这些话竟然会有人把它叫做歌词，像捡到一件心爱的宝贝那样喜欢。

吕秀菊，我的爱人。毋庸置疑，她是我的第一个读者。对我而言，她说的话绝对不会掺杂任何水分。先让她挑挑毛病肯定是一针见血、毫不留情的。果真如此，她提了许多好的修改意见。应该说，在我所有的作品中渗透着她的心血和汗水。家里的活几乎全部由她承揽，有时候我想搭把手都搭不上。写东西时从来不让我分心，我真的感到很知足、很幸福。

侯磊，曾任河北省人民检察院检察长。每当完成一首作品，我都会在第一时间用手机短信的方式发给他指教，他都很认真去看，就像老师给学生看作业一样，每次都有批语并很快反馈与我，一直鼓励我要坚持下去。

我的第一首词《时代颂歌》是二炮文工团作曲家胡旭东给谱的曲，著名青年歌唱家李丹阳演唱。那时我们并不认识。

机会终于来了。2008 年春节前，我到北京看望老乡时顺道拜见了旭东同志。第一次见面是在二炮的长缨宾馆，他让家属早早就把午餐安排好了，两口子都很热情，饭菜也很讲究，看得出来，他们对我的到来充满了期待。我被他们的真诚深深打动。席间，我们聊得很放松很投机也很开心，共同的爱好和追求顷刻间把我们的心紧紧地粘在了一起，不过一顿饭的功夫，彼此都有一种相见恨晚难舍难分的感觉。一来二往，我们成了非常知心、非常要好的朋友。之后，相互之间的联系接触日渐多了起来，友情与合作开启了新的征程。之后一年多的时间，我们又先后创作完成了《中国无穷》《百姓是根》《为你高歌》《家有父母》《此时此刻》等歌曲。由此也让我对旭东同志有了进一步的认识。他的确是一位充满理想、富有激情、脚踏实地、执着追求的作曲家。要不然，怎么会在如此之短的时间内生产如此之多的优美动听的作品呢?

不仅如此，旭东同志经常对我讲，一部好的作品，除了好的词曲之外，还必须有好的演员的精彩演绎，一旦唱出就能够在普通百姓中间引起共鸣，传唱开来、流传下去，尽情享受音乐带给他们的欢乐。这番话，使我懂得了什么叫好歌、好歌的由来以及好歌的意义所在。

让人惊喜的是，这些歌曲都是由国内著名歌唱家演唱的。你若有时间上网，只要点击殷秀梅、廖昌永《魅力中国》，殷秀梅《中国无穷》，李丹阳《时代颂歌》，刘和刚《家有父母》，王莹《为你高歌》，就能看到他们在中央电视台、北京电视台、天津电视台、江西电视台、河北电视台举办的大型文艺晚会上声情并茂的演出和那天籁般的声音。

现在只要有空儿，我就听听自己创作的歌曲。甜在心里，美在脸上。

我觉得，我的努力没有白费，车轮上照样可以有所作为。

我会继续努力，把最好的“作品”写在这片充满希望的大地上……

这是 2010 年 9 月 9 日中午我写下的一段心里感悟。

时间过得真快，像闪电一般。

两年之后，当我收拾行囊准备离开枣强这片热土的时候，心情无法平静，自然也想起了两年多来自己喂养在电脑里的文字。趁夜深人静、万籁俱寂的功夫，我赶紧打开电脑，把他们一个一个地叫了起来。我深情地呼唤着他们的名字，不时被他们背后发生的故事所打动。特别是在这个情意缠绵、难舍难离的夜晚，看着它们像孩子似的依偎在我的身边，真的有一种无法形容的高兴、激动和幸福。

我在枣强担任县长、书记九个年头。我说过：我会努力，把最好的“作品”写在这片充满希望的大地上。因为我知道我肩上的分量有多重，我知道守土不仅有责，而且守土必须尽责，我知道我应该怎么去做，做些什么。至于文学创作，只是我工作之余浇灌灵感的一小块自留地，只能找时间打理。我觉得，工作与创作并不矛盾，完全可以相互启发、相互给力、相得益彰。生活才是奔涌创作灵感的真正源泉。这本书中的多数作品是我在枣强工作期间写下的，都与枣强这块热土和在这块热土上生活的父老乡亲息息相关。

关于这本书的名字，曾揣摩斟酌了好长一段时间，也请教过不少良师益友。开始我想给这本书起名《车轮上的钟点工》，不少朋友摇头反对。他们中有的建议叫《车轮余韵》，有的建议叫《乡土韵律》，还有的建议干脆就叫《邢少英诗歌集》。综合大家的意见，我以为还是叫《随心所“语”》为好，原因很简单，就是书里的每一句话都发自我的心灵深处。还有，我的所有作品都没有手稿，也说不清是哪一天写好的。我想凡事只要把它用心做好就行了，其他都无关紧要。

写到这里，已是夜深人静。站在阳台凝望天空，脑海里回荡着苏叶老师在《星空词》中说过的那句话：“从今后，在我百感丛生的心上，又长出两棵含笑，一株相思。”此时此刻，我何尝不是如此。

就写这些，权当一篇序吧。

邢少英

2012 年 12 月 6 日夜

目 录 CONTENTS

第一篇　祖国就是我的家

第二篇　我心中的兵

第三篇　黎明被你的脚步惊醒

第四篇　爱永远属于你

第五篇　快乐没有寂寞的时候

第一篇 祖国就是我的家

【随心所“语”】

中国是我的家，是我们大家的家。我就是想把对家的感受和挚爱真实地表达出来，让世界知道：中国真好！

中国真好

齐刷刷的脚步追着太阳向前跑，
沉甸甸的梦想争分夺秒在揭晓，
红火火的日子天天都有新感觉，
亮堂堂的心情要让世界都知道：
中国真好中国真好中国真好——真好！

急匆匆的脚步奔着小康向前跑，
静悄悄的祈盼日新月异比天高，
笑呵呵的日子家家都有新味道，
坦荡荡的心声要让世界都明了：
中国真好中国真好中国真好——真好！

我们拥抱的是幸福，
我们盛开的是欢笑，
我们放飞的是希望，
我们追寻的是自豪。
中国真好中国真好中国真好——真好！

【随心所“语”】

当十三亿颗心汇聚在一起跳动的时候，根本没有任何办法阻挡住它前进的脚步，也无法去丈量它的高度、深度和力度。置身其中，你会心甘情愿地献出自己的一切，然后，还觉得不够不够……这就是2008年冰雪灾害、汶川地震、北京奥运会带给我用泪水与汗水写成的体会和收获：中国无穷！

中国无穷

我的中国——智慧无穷，
能让人类的梦想遨游太空；
我的中国——力量无穷，
能把地球的创伤轻轻抚平。
中国中国希望无穷，
宏伟的画卷变为神奇巨龙。
中国中国梦想无穷，
多彩的世界绽放最美的笑容。

我的中国——魅力无穷，
能聚世界的笑声常留北京；
我的中国——爱心无穷，
能将百姓的冷暖嵌在心中。
中国中国希望无穷，
宏伟的画卷变为神奇巨龙。
中国中国梦想无穷，
多彩的世界绽放最美的笑容。

【随心所“语”】

人生什么都可以缺，但理想和信念不可无。只要我们不丢掉理想和信仰，就能够带着梦想，自由自在地飞翔在幸福快乐的世界里。中国平安飞翔是我最大的梦想。

中国飞翔

张开希望的翅膀，
把爱带到天上，
像那红红的太阳，
将未来的世界照亮。
无论路有多长，
不怕风有多狂，
为了明天的辉煌，
我们一起飞翔。
张开微笑的翅膀，
把情带到天上，
像那圆圆的月亮，
让世界的未来无疆。
无论天有多高，
不管地有多广，
为了心中的梦想，
我们一起飞翔。
中国飞翔，
坚定前进方向；
中国飞翔，
前途无限风光；
中国飞翔，
团结就是力量；
中国飞翔，
人民幸福安康。

【随心所“语”】

一个国家的话语权掌握在人民手里，一个国家的前途和命运自然掌握在人民手里。人民说 OK，才是真正的 OK。

中 国 OK

你把坚冰打开，
人民为你喝彩；
你把国门打开，
世界为你喝彩；
你把天窗也打开，
苍穹也为你喝彩。
发展与进步，
奇迹与精彩，
是你发给人类最好的名片，
梦想成真化作同一个声音：
中国 OK！

【随心所“语”】

从北京出发，如同当年从井冈山、从延安、从西柏坡出发一样，是一次意义非同寻常的接力赛。只有怀抱理想信念，逢山开路，遇水架桥，披荆斩棘，百折不挠，沿着中国道路坚定地前行，人民才有希望，民族才有希望，国家才有希望！

中国出征

一缕清风贯长空
大爱高悬日月明，
满园春色关不住，
花开枝头别样红。

一条大道四海通，
山高水长任驰骋，
喜看神州春潮涌，
万众一心又出征。

中国出征——与人民相拥，
中国出征——与世界共赢，
中国出征——与美丽牵手，
中国出征——与梦想同行。

【随心所"语"】

民心需要精心修补和保养。民心顺是国家之首，事业顺是人民之要。

一顺百顺

花开花落一春又一春，
数不清的梦想如今都已变成真，
鲜红的旗帜告诉我：
民心顺一顺百顺，
老百姓是咱共产党的本和根。

同心同德一轮接一轮，
开创的光明路强国富民抖精神，
闪光的脚印告诉我：
事业顺一顺百顺，
共产党是咱老百姓的领路人。

顺顺顺顺顺是幸福的雨，
顺顺顺顺顺是吉祥的云，
顺顺顺顺顺是永恒的爱，
顺顺顺顺是不变的心——一顺百顺。

【随心所“语”】

我们的命运与祖国的命运息息相通。与祖国同行绝对没有错，道路越走越辽阔，日子越过越红火。

与你同行

从贫穷走向繁荣，
你已成为东方的巨龙。
风雨中我们与你同行，
胜利的歌声气贯长虹。

从小康走向复兴，
你正阔步在新的征程。
阳光下我们与你同行，
前进的步伐坚定从容。

中国啊中国！
我们与你同行，
人人生活幸福，
家家和谐安宁。
中国啊中国！
我们与你同行，
江山年年锦绣，
伟业代代恢宏。

【随心所“语”】

我们的下一代远比我们这代人肩负的责任大得多、重得多、多得多。我们应该相信他们做得比我们好。

我想告诉年轻朋友们记住这样一段话，“如果你不断推着自己走得更高、更高，平均率注定你必然要在某一点上跌落。当你跌落时，你要记住：没有失败这回事。失败仅仅是生活努力将我们转至另一方向的动力。沮丧一阵子没关系，给自己一点痛定思痛的时间，但关键在于从每一个错误中吸取教训。人生的关键是锤炼心灵的士气和情感的地位，它们能够告诉你走向何方。”我相信，当你真正这样去做时，每天映入你眼帘的一定是光明灿烂的新天地。

告诉妈妈告诉祖国

我们用智慧的力量，
让明天的辉煌超越想象。
牵手未来放飞希望，
我们已张开搏击的翅膀。
告诉妈妈告诉祖国：
天空有你就有方向，
我们采摘风雨，
我们融化雪霜，
永远啊永远在你的怀抱里快乐飞翔。

我们用青春的臂膀，
把靓丽的使命扛在肩上。
中华复兴道路宽广，
我们正驰骋在神州赛场。
告诉妈妈告诉祖国：
大地有你就有阳光，
我们耕耘幸福，
我们收获辉煌，
永远啊永远在你的旗帜下发奋图强。

【随心所“语”】

每到中秋，总想回家看看。没办法今年又回不成了。月明如镜，把思乡的心情照得一清二楚，竟无法找到躲闪的地方。问苍天，苍天无语，不知道远方的亲人，今夜能否安睡？守望和见证团圆，谁说不是一种幸福？

我爱中华大家庭

皓月当空分外明，
万家灯火映苍穹。
玉兔树下赏歌听，
嫦娥起舞颂太平。
我爱中华大家庭，
万里河山披彩虹。
我爱中华大家庭，
国泰民安万事兴。

吴刚举杯谢盛世，
难舍人间不了情。
丹桂飘香醉长空，
团圆美酒醇又浓。
我爱中华大家庭，
风调雨顺好年景。
我爱中华大家庭，
神州巨龙阔步行。

【随心所“语”】

过去我们常讲，国家兴亡匹夫有责。责是什么，责就是担当。如今，当我发现越来越多的人开始害怕担当、躲避担当甚至丢掉担当的时候，心情异常的不好。为此，我曾忧心忡忡了许久，冷静思考了许久，等待期盼了许久。我虽然说不清楚是什么地方出了问题，但我知道，在日常生活中发生的林林总总、拉拉杂杂的一宗接一宗的不可思议的怪事，不仅丢掉的是责任是担当，而且丢掉的是人格是人心。我以为，学会担当、勇于担当不仅可以孕育希望，而且能够成就梦想。国家兴亡匹夫有责这句话永远不能忘，国家兴亡匹夫有责这个责永远不能丢。

花开都是爱

心要连起来，
手要挽起来，
咱心手相牵向前走，
步伐更豪迈。

头要抬起来，
胸要挺起来，
咱昂首挺胸向前走，
给力新时代。

春暖花又开，
花开都是爱，
爱咱老百姓，
生活多姿又多彩。

春暖花会开，
花开都是爱，
爱咱大中华，
幸福欢乐更开怀。

【随心所“语”】

对祖国最好的祝福，就是脚踏实地做好自己应该做的事情。

祝福永恒

祝福你的歌声优美动听，
祝福你的礼花映红天空，
祝福你的锣鼓早已沸腾，
祝福你的秧歌写满笑容。
祖国啊祖国！
你的爱穿越时空，
在天地之间传递传颂；
你的情千秋万代，
在儿女心中最醇最浓。
今天又是你的生日，
所有祝福都是永恒。
祝福你的心情永远年轻，
祝福你的前程无限光明，
祝福你的家园繁荣昌盛，
祝福你的生活幸福安宁。
祖国啊祖国！
你的爱穿越时空，
在天地之间传递传送；
你的情千秋万代，
在儿女心中最醇最浓。
今天又是你的生日，
所有祝福都是永恒。

【随心所“语”】

我经常问我自己，理想是什么？希望是什么？梦想是什么？词典告诉我：理想是对未来事物的想象和希望（多指有根据的、合理的，跟空想、幻想不同）。希望是心里想着达到某种目的或出现某种情况，是希望达到的或出现的某种情况，是所寄托的对象。梦想是妄想、空想和渴望。由此可见，理想、希望和梦想其实都是一种心理预期。我想说的是，这种心理预期的远近与这个人目光的长短有关；这种心理预期能不能实现则与这个人目光存储的能量多少有关。我们应当高瞻远瞩，把目光放远一些，放亮一些，看到祖国的明天，也就看到了我们的理想，我们的希望，我们的梦想。我们明天得到的就是我们今天想到的、看到的，这就叫梦想成真。

瞻望

站在新的起点，
鼓满时代风帆，
坚守胜利航线，
奔向美好明天。
瞻望未来，
你会看见一幅最靓丽的画卷。

放飞新的梦想，
紧握必胜信念，
牵手幸福平安，
拥抱小康家园。
瞻望未来，
你会看见一张最迷人的笑脸。

【随心所“语”】

试图用短短几句话，就能把中国共产党的丰功伟绩完美地描述出来，不是一件容易的事情，我只是把爱毫不保留地放了进去。然后，我说：妈妈，我爱你！

叫声妈妈

1921 年的 7 月 1 日还没有孩儿我，
今天我要深情地叫声妈妈，
亲爱的党啊，
你一定记得我是你儿女中的哪一个。
有了你妈妈才有无数个我，
你的儿女像繁星一样，
在追寻的天空中默默不停地为你闪烁。

2010 年的 7 月 1 日我已是老小伙，
今天我要深情地叫声妈妈，
亲爱的党啊，
你一定知道我是你儿女中的哪一个。
有了你妈妈才有新中国，
你的儿女像浪花一样
在奔流的田野里满怀激情地为你放歌。

今天我要深情地叫声妈妈，
亲爱的党啊，
你和你的儿女是同一个生日，
你就像太阳一样光芒四射，
照亮了世界的每一个角落。

【随心所“语”】

改革开放三十年，中国发生的翻天覆地、有目共睹的进步与变化，印证了一个事实，中国共产党了不起，中国人民了不起。

时代颂歌

三十年年年不一样，
你和我风雨兼程不再迷茫，
改革开放民富国强，
城乡越变越漂亮，
咱勤劳的中国人，
书写科学发展新篇章。
自强不息中国人，
坚定地跟着共产党，
文明智慧中国人，
奔向未来再创辉煌。

三十年年年都一样，
你和我同舟共济从不彷徨，
以人为本大爱无疆，
日子越过越舒畅，
咱善良的中国人，
构建和谐社会新天堂。
自强不息中国人，
坚定地跟着共产党，
文明智慧中国人，
奔向未来再创辉煌。

【随心所“语”】

2009 年 10 月 1 日是新中国 60 岁生日。细数这 60 年她在行进中留下的一串串深浅不一、弯弯曲曲的脚印，你会清晰地从中看出中国道路、中国精神、中国智慧和中国力量是什么模样。中国，我永远为你高歌！

为你高歌

多少曲折坎坷，
多少记忆铭刻，
那是你在前进道路上最完美的跨越。
多少艰难探索，
多少波澜壮阔，
那是你在希望田野里最迷人的景色。
为你祝福，
为你高歌，
我的繁荣富强中国。

多少奇迹穿梭，
多少精彩闪烁，
那是你在理想画卷中最丰硕的收获。
多少期待寄托，
多少梦想再握，
那是你在信念旗帜下最庄严的承诺。
为你祈祷，
为你高歌，
我的伟大和谐中国。

【随心所“语”】

心连心才能共命运、向前进。人民是我们力量的源泉，人民是我们最坚实的靠山。

靠山

群山繁衍美满，
大地绽放笑颜，
江河奔流眷恋，
日月拥抱家园，
这是一幅壮美的画卷，
风光锦绣梦绕魂牵。
我们拥有一个理念：
心连着心哟天地宽，
肩并着肩啊力无边，
你是人民心中的旗帜，
人民是你力量的源泉。

放飞新的希望，
牵手幸福平安，
跨越千年文明，
奔向美好明天，
这是一道靓丽的风景，
世世代代镶嵌人间。
我们抱定一个信念：
心连着心哟天地宽，
肩并着肩啊力无边，
你是人民心中的旗帜，
人民是你永远的靠山。

【随心所“语”】

作为一名党员，为党增光添彩是我永恒的追求。

再唱山歌给你听

你的理想唤醒了神州黎明，
你的信念擦亮了锦绣前程，
你的目光闪烁着小康美景，
你的血液流淌着伟大复兴。

你的胸膛跳动着无限深情，
你的脚步风雨中见证坚定，
你的故事春天里年年发生，
你的执着像太阳大爱永恒。

今天是你的生日普天同庆，
咱老百姓再唱山歌给你听，
我们跟着你耕耘春夏秋冬，
我们跟着你收获幸福安宁。

【随心所“语”】

北国四季分明，南疆美丽如画，身临其境，浮想联翩，写下了《四季如画》。

当麦苗儿小心翼翼地越过冬季的时候，寒风很不情愿地从小鸟的脚下溜走，不大会儿功夫就无影无踪了。残留在屋顶上的一垄冰雪，在暖阳的视线里，无可奈何地融化为凌水，一滴一滴从房檐上情不自禁的落下。远山，被笼罩在淡淡的雾中，默默无语，如似睡非睡的老人，静静地坐在那里，安然自得。因为他知道，惊心动魄的春天就要来了。

鸭子在河边开心的嬉戏，嘎嘎嘎地数着春天的脚步。报春花像带了电似的，一日万里不止。一对对刚刚出生的嫩芽在纤细的柳条上翩翩起舞，活灵活现，惟妙惟肖。你会觉得别有一番“逐舞飘轻袖，传歌共绕梁，动枝生乱影，吹花送远香”的味道。触景就怕生情。花鸟鱼虫欢天喜地，奔走相告，引来无数惊讶与喝彩，竟吓人一跳。春雷猛然敲开天空的大门，急忙把春风和春雨唤醒，一块儿搭乘祥云，翻山越岭，日夜兼程，大步流星地向广袤的大地奔去。春风一鼓作气，吹开了梨花、杏花、桃花、玉兰花……眨眼间，牡丹花开满一城又一城，油菜花染黄一片又一片，杜鹃花映红一山又一山。举目望去，大江南北，百花怒放，争芳斗艳，气势磅礴，蔚为壮观。见此，怎能不让人拍手称绝，流连忘返。漫步在花枝招展、花团锦簇、花香荡漾的世界里，真真切切地找到了“好雨知时节，当春乃发生，随风潜入夜，润物细无声”

的感觉。的确，今年的春雨与众不同，淅淅沥沥，犹如一股清泉，直接浇进了人们的心里。春雨，你像母亲那样的善良、质朴、节俭、勤劳，不仅亲手给城市、给农村、给田野、给高山缝制了春意盎然的新衣，还把它们个个都打扮得色彩斑斓，美轮美奂。春光明媚，深情无限，多么想让春天留下来多聊一会儿，只恨时间无情无义，惹得亭亭玉立的春姑娘，一头儿扑进了夏天的怀里。

翌日，太阳早早起来，恨不得用满腔热情把整个大地烫熟。麦子不愿忍受干热风的骚扰，脸色一下子由青变黄，忙得不知疲倦的收割机起早贪黑，汗流浃背。英姿飒爽的玉米挺身而出，在炎炎烈日下纵情歌唱，竟弄得金浪刚刚退下，绿波就拔地而起。一朵朵荷花由池底窜到了水面，目不转睛地盘坐在那里，只想一睹正午太阳是啥样的风采。知了从树梢上站了起来，声嘶力竭地叫唤，没完没了，好像一遍又一遍地说，“锄禾日当午，汗滴禾下土。谁知盘中餐，粒粒皆辛苦。”一阵暴风骤雨过后，天空像洗过一样，连白云的发丝都能看得一清二楚。待放的花苞把阳光轻轻地放进嘴里吻了又吻，饿急了的叶子则任其在自己的身上一遍又一遍地抚摸。激情被青春点燃，春色势不可挡，顷刻青草铺满大地，郁郁葱葱；绿树遮天蔽日，叶茂枝繁，快乐和幸福陶醉在鸟语花香之中。天边似着了火一样，夕阳沿着美丽铺设的阶梯一步一步落下。天，越来越黑，夜色如墨。想不到萤火虫会偷偷把夏天领进秋天的家里。

秋天像金榜题名的学子和他们的家长，掩饰不住丰收的激动和喜悦，满脸的笑容镶嵌在心里。看着水灵灵的果实挂满枝头，金灿灿的玉米堆成了小山，五谷丰登的年景红红火火，大地高兴地拿出了一幅精美绝伦的画卷：旭日东升，霞光满天；群山巍巍，挺拔雄伟；江河奔腾，百舸争流；小康愿景，美不胜收。就在此时，秋风要在这画卷上签上披荆斩棘、无所畏惧的名字，定要把滞留在前进路上的灰尘和污垢打扫得干干净净。秋雨挥毫泼墨，刚劲有力，誓要让这画卷像中秋的明月，千秋万代，永驻人间。

告别秋天，雪花带着对未来美好的憧憬，漫天飞舞的从四面八方赶来，真诚地给春天祝福，向夏天敬礼，为秋天贺喜！冬天，虽然寒冷，却让梦想变得温暖如春。冬天是孕育生命最好的港湾。

回望春夏秋冬，总感如履薄冰，更觉得患难与共这四个字的分量比泰山还重。但愿四季如画，更盼如画的江山生生不息，代代恢宏。

加油

站在五彩编织的门口，
我们在静静地等候，
等候掀起你火红的盖头，
纵情为祖国的伟大复兴鼓劲加油！

站在四季旋转的路口，
我们在默默地等候，
等候与希望的春天牵手，
放声为人民的幸福安康喝彩加油！

【随心所“语”】

不要问我所感激的人是谁？你们的名字，像天上的太阳，像天上的月亮，更像天上的繁星，道不尽也数不清，但都闪烁在我的心中。

感激

我知道为了梦想，
你用爱把昨天孕育，
快乐时光匆匆过去，
你的付出我们充满感激。

我知道为了梦想，
你用爱又把明天捧起，
新的征途已经开始，
你的陪伴我们装满感激。

感激你用目光碾实春的步履，
感激你用真情挥洒夏的惬意，
感激你用笑容迎接秋的惊喜，
感激你用挚爱温暖冬的足迹。

【随心所“语”】

让老百姓的日子好起来不是口号。中国共产党从诞生那一天起，她所做的一切努力除此没有其他任何目的。因为这是一个没有穷尽的过程，所以我们的奋斗也不会有穷尽。

好起来

老百姓赶上了好时代，
幸福的花儿开不败，
只要那心中有真爱，
生活会一天比一天好起来。

老百姓又迷上了好时代，
开心的喜事连成排，
只要那追求永不改，
日子会一年比一年好起来。

好起来，
大家好起来，
好起来是我们盛开的期待；
好起来，
祖国好起来，
好起来是我们采摘的未来。

第二篇　我心中的兵

【随心所“语”】

经历是人生一笔最为宝贵的财富，当兵应当成为每一个年轻人的首选。不要像我一样，悔恨当初，遗憾终生。

我为失去当兵的机会深感遗憾；我为得到为兵服务的机会倍感荣幸。

我 想 说

我想说，
我想自豪地对你说，
咱当兵的选择真的没有错，
军营里学到的东西很多很多，
顶天立地是咱最拿手的绝活，
生死面前，
我的存在天地也有感觉。

我想说，
我想骄傲地对你说，
咱当兵的选择这辈子没有错，
军营里可学的东西太多太多，
披星戴月是咱最常用的课桌，
风雨见证，
我的执着日月也受鞭策。

【随心所“语”】

“忠诚”是什么？“忠诚”就是当祖国和人民需要的时候，军人会不顾一切、放弃一切、牺牲一切包括自己的生命。为什么说祖国有我最安宁，因为“忠诚”。

祖国有我最安宁

身在东西南北中，
就像无数铁打的钉，
虽然我是一个兵，
履行的使命好神圣，
我为祖国保和平，
祖国有我最安宁。

心系春夏与秋冬，
犹如绕月飞翔的星，
虽然我是一个兵，
肩负的责任特别重，
人民就在我心中，
我为人民最光荣。

人民就在我心中，
我为人民最光荣；
我为祖国保和平，
祖国有我最安宁。

【随心所“语”】

所谓天职，就是用生命做支撑，不让“天”塌下来。

天职

坚守信念，

我们对党永远忠诚；

坚守宗旨，

人民安危重于生命；

坚守职责，

誓死捍卫国家安宁。

刚与柔我会选择，

生与死听你决定。

这就是军人的天职，

这就是军人的光荣。

【随心所“语”】

这首小诗是在市里重大项目观摩拉练途中写的。张圣荣将军是我认识的军界一位挚友，这些年，于私于公对我的帮助都很多很大。虽然跨界，但我们很谈得来，在不经意中，我从首长身上悄悄地、偷偷地学到了好多受用的东西，难以言表。我对首长的尊敬和仰慕，发自内心。

奇观

——读张圣荣将军《情寄山水间》诗集有感

深情漫步山水间，将军足迹落笔端。
一步一笑赏美景，独树一帜见奇观。
触景生情情真切，情景交融意缠绵。
字里行间皆是爱，顿觉清泉涌心田。
戎马生涯四十载，逆顺荣辱总笑谈。
满腔热血写春秋，忠诚二字大于天。
而今迈步步更酷，老骥伏枥赛壮年。
直抒胸臆话长短，但愿人间共欢颜。
故地重又走一圈，诗中相逢亦是缘。
祝君幸福添平安，与时俱进谱新篇。

【随心所“语”】

小的时候，没有多少书可读。然而，有一本书让我爱不释手，它就是《闪闪的红星》。我不知道读了多少遍。但我知道，潘冬子在我心中的英雄形象是永远抹不掉的。心志犹存，壮怀未眠。若有来生，定去当兵。

切莫忘

为了穿上这身心爱的绿军装，
你把家安在号角吹响的地方。
临行前，
你说妈妈的叮咛已装进行囊，
还说爸爸的嘱托会记在心上。
这些年，
妈妈知道你为了谁手持梦想，
爸爸能掂量出你肩扛的分量。
告诉你，
没有空闲打电话就发个信息，
不要让太久的牵挂失去给养。
要知道，
思念是爱彼此分享无法阻挡，
爸妈梦里也想替你放哨站岗。
切莫忘，
祖国啊就是生你养你的故乡，
人民那就是疼你爱你的爹娘。

【随心所“语”】

吴伯箫老先生在《歌声》中说过一句话：“感人的歌声留给人的记忆是长远的。”他还说：“我以无限恋念的心情，想起延安的歌声来了。”为什么？因为歌声能够聚人心、齐人心、暖人心、撼人心，更能见人心。

用生命书写光荣

阳光下听到军歌声声，
就像听到妈妈的叮咛，
绿色军营是最美的天空，
你就是那翱翔的雄鹰。

风雨中听到军歌声声，
就像听到冲锋的号令，
祖国需要我们首当其冲，
你就是那时代的英雄。

军歌声声唱出无限深情，
军歌声声传递和谐共鸣，
和平安宁在我们的手中，
我们要用生命书写光荣。

【随心所“语”】

警察是献出生命也在所不惜的兵。我的好兄弟范党育就是一名这样的好兵。我想把我对人民警察的敬重和祝福，通过我的歌送给他们以及他们的家人，辛苦了，保重！

咱当警察图个啥

一副盾牌责任大，
一声笛鸣就出发，
一身正气走天下，
一路奔波最潇洒。

一生忠诚听党话，
一句誓言叫报答，
一心为民服好务，
一腔热血献中华。

祖国就是咱的家，
人民就是咱的天，
咱当警察图个啥？
国泰民安万万年。

【随心所“语”】

无论从事什么职业，做更好的自己就是成功，就是胜利。

永不言败

军旗升起天幕拉开，
我们正在构筑和平舞台。
年轻一代梦想超载，
笑看世界谁人主宰？

太阳升起大幕拉开，
我们正在进行实战彩排。
年轻一代岁月如歌，
笑看未来谁最精彩？

我们是快乐的一代，
青春节拍响彻天外；
我们是幸福的一代，
青春无敌永不言败。

【随心所“语”】

戈壁滩的故事让我悟出一个道理：越是生命无法生存的地方，往往有生命专拣这个地方生存，然后，小心翼翼地不断地在这个地方创造一个接一个的惊喜。或许，这就是它的魅力所在。所以说，这里发生的故事不仅仅是传奇，而是神奇。

戈壁滩

你是挂在天边的一幅画，
就像鬼斧神工留下的模样。
我要在这里接过红色的魔棒，
让江山如画成为我们的原创。
啊，戈壁滩，
你是战士最向往的地方，
我要让汗珠站在你的肩上，
总有一天梦想会给我颁奖。

你是写给大地的一首歌，
就像风沙滚石无情的交响。
我要在这里发射青春的力量，
让岁月如歌成为我们的合唱。
啊，戈壁滩，
你是战士最依恋的地方，
我要用热血温暖你的胸膛，
总有一天幸福会为我鼓掌。

【随心所“语”】

在我的亲朋好友当中，当过兵的人很多很多，其中，有一位已经不在了，很可惜。他离开这个世界的时候还不到30岁。他立过一等功。因患肠癌曾两次住进石家庄和平医院。那时我因胃炎与他同住一个病室。他很坚强，也很善良，我们俩很说得来，后来成了好朋友。当他第二次住进和平医院，我再去看时，他已经奄奄一息，说不出话来了。我傻傻地站在他的病床前，不知道说什么是好，眼泪夺眶而出。时隔多年，想起他来还有一种抹不去的牵挂。

牵挂

无奈的痛莫过于在死神面前挣扎，
揪心的痛莫过于你对亲人的封杀。
我们能猜得出此时此刻你在想啥？
为什么青春正茂就这样失去光华。

说过的话太少太少不知如何表达，
想说的话太多太多只能含泪咽下。
担心你听到精神支柱会顷刻坍塌，
只能默默祈祷苍天开恩放慢步伐。

有时候善意的安慰也会付出代价，
有时候脆弱的坚强让人感到害怕。
对生命的渴望就像孤儿见到妈妈，
请不要辜负我们对你揪心的牵挂。

【随心所“语”】

锁定一个理想的目标，自觉的不停的毫不动摇的矢志不渝的千方百计的无所畏惧的向着这个目标努力，我觉得这就叫执着。我由衷地敬仰和喜欢这样执着的人。

执着

你的执着曾经在枪林弹雨中穿梭，
你的执着无数次被惊涛骇浪打磨，
你的执着在狂风暴雨中挺身而出，
你的执着地动山摇时更显得巍峨。

你的执着像太阳照亮希望的岁月，
你的执着让百姓的日子红红火火，
你的执着正在描绘最美丽的景色，
你的执着永远在梦想的天空闪烁。

这就是你的魅力你的品格，
这就是你的胸怀你的视野，
我的党我的人民我的祖国！

【随心所“语”】

相逢时，如果对方能让你产生心痛的感觉，那么，它肯定触及了你那根最柔软的神经。扪心自问，我们怎么做，才能慰藉他们的在天之灵？

相逢

多年以前就知道你的姓名，
你的故事老师早已讲给我听，
我知道你是一名普普通通的士兵，
在一次烧木炭中不幸牺牲。

多年以后在这里与你相逢，
我的感动也想慢慢讲给你听，
你知道当年有多少战友为你送行，
你的人生为什么与众不同？

张思德啊张思德，
假如你和毛主席还能够相逢，
他会含笑地告诉你：
答案就在《为人民服务》之中。

注：2013 年 10 月 10 日，河北省委党校第二期市厅班学员到延安进行党校锻炼现场教学。这是在张思德雕像前写下的点滴所思所悟。

【随心所“语”】

当祖国和人民需要的时候，中国军队、中国军人的表现举世无双。

与祖国同在

太阳年年把节目编排，
神州处处是欢乐舞台，
年轻的我们与希望同在，
所向披靡驰骋豪迈。

明月偷偷把掌声采摘，
神州永远是幸福舞台，
年轻的我们与梦想同在，
脚踏祥云巡视天外。

年轻的我们与祖国同在，
牵手希望让精彩拥抱未来。
年轻的我们与祖国同在，
放飞梦想让世界欢乐开怀。

【随心所“语”】

“孝”是创造生命奇迹真正的“灵丹妙药”。

盼

星移斗转送华年，
戎马倥偬难得闲。
一生只为国家好，
有家却难把家还。

谁说忠孝两难全？
将军稳坐病床前。
荣华富贵值几文，
只盼老父心安然。

注：将军是指郧建华，原内蒙军区参谋长。2013 年 7 月 4 日晚其父突发脑溢血、脑血栓，危在旦夕。将军日夜兼程、马不停蹄、行程万里，直奔石家庄第三人民医院陪护老人，老人后转入河北省第二人民医院。在医生和家人的努力下，老人转危为安，创造生命奇迹。时至今日，将军仍守候在老人的病床前……

【随心所“语”】

在我的成长进步中，帮助过我的人很多很多。其中有一个人我不能不提，他就是我在县里工作期间的司机申辉。他曾经是一名拥有12年军龄的解放军战士。相伴九年，他没有请过一次假，没有误过一次点，没有出过一次事，再苦再累从来没有说过一个不字，是个有情有义的好兄弟。在我心里像申辉一样的好兄弟还有很多很多……

好兄弟

手握方向盘，
驰骋天地间。
风雨见真情，
越走路越宽。
九年如一日，
丹心写平安。
忙前又忙后，
情意重如山。
今生好兄弟，
相思到永远。

【随心所“语”】

我无法忘记这些老兵的名字，他们可亲可爱可敬，给予我的爱刻骨铭心。所以，我要把他们的名字写进我的书里，愿我们的友谊地久天长。他们是：李希林、张连仁、柳风举、李林东、马金虎、齐喜才、郧建华、李建设、张圣荣、屈殿荣、范振川、肖凯原、李红星、翁乃奎、李海龙、张建明、魏宝强、刘增福、张希臣、朱正怀、吴海玉、张金书、何元锋、赵广志、张尊贤、张玉华、戴凤秀、李智、宋三牛、王忠俭、张克勇、王英柱、李新泉、曹建军、汤国庆、张华、周华、李恩华、母林宝、李三虎、王瑞华……交一善友，读一善书，做一善事，此为一生至乐也。

老兵

老兵心年轻，
腰弯神不弓。
戎马大半生，
真情留军营。
忍辱又负重，
笑看功与名。
退伍不褪色，
只为打得赢。
国是咱的家，
家好都安宁。

【随心所"语"】

满腔热情、温暖如春是一道美丽的风景，人人都要用爱心去呵护她。一旦让她凋谢了，再明亮的眼睛，也看不到美好的东西。要关爱你的亲人，更要关爱需要你关爱的人，哪怕仅仅是一个微笑。大成路九号就是这样一道美丽的风景。

感觉不一样

——为北京大成路九号而作

热情奔放菜肴的芬芳，
笑脸飞扬美酒的清香，
请亲朋好友欢聚一堂，
坐在欢声笑语中品尝。
中华文明在方寸间张扬，
伴你吃进健康喝足吉祥。
走进九号的感觉不一样，
愿我们的友谊地久天长。

注：北京大成路九号系部队招待所。刘增福总经理是我的好朋友，现役军人。

【随心所“语”】

这是一个性格非常叛逆的孩子，考上大学不上，非去当兵不可。在他穿上军装同我们告别的时候，我告诉他，路在脚下，就看你能不能勇敢地迈出第一步。部队是一所大学校，只要你努力，不把困难当回事，成功就会向你靠近。

初生牛犊

我就是初生牛犊，
不在乎别人态度，
走自己喜欢的路，
我要把坎坷变为坦途。

我就是初生牛犊，
不在乎是赢是输，
情愿与寂寞为伍，
我要把梦想耕耘成熟。

我就是初生牛犊，
不在乎是甜是苦，
羊羔还知道跪乳，
我要把幸福还给父母。

【随心所“语”】

实现华丽转身，必须站稳脚跟。农村城市化要顺民意、得民心、惠民生、解民忧、保民康。这五条缺一不可。谈固村做到了。

金色谈固

（童声：从前有个村，村头有棵树，树在寺里住，长得高又粗，寺旁那个村，就是咱谈固，檀树变谈固，越变越幸福。）

春天的脚步风雨无阻，
轻轻抚摸着这片深情的故土，
你看那一串串携手奋进的滚烫汗珠，
让这里的景色一年比一年赏心悦目。
啊，
美丽的家园，
金色的谈固，
你是我们梦想里的世外桃源，
你是我们心目中的东方明珠。
明媚的阳光翩翩起舞，
紧紧拥抱着这片温馨的热土，
你看那一张张拔地而起的锦绣蓝图，
让奔跑的幸福一次又一次刷新纪录。
啊，
快乐的家园，
金色的谈固，
你是我们梦想里的世外桃源，
你是我们心目中的东方明珠。

注：谈固是一个比石家庄历史悠久一千多年的村庄，其名由檀树的谐音而来。现在的谈固村已是一个完全被城市化了的新型社区。因这里土地肥沃、旱涝保收，历史上有金谈固之称。该社区党委书记马敬华是一名退伍军人。

【随心所“语”】

因为当兵的愿望没能如愿，所以只能自己把自己视为一个兵，来体验兵的生活，锤炼兵的作风，磨打兵的意志，履行兵的使命。我觉得，我这个没有当过兵的兵没有白当，四海为家、冲锋陷阵的感觉挺好。

回家

一张车票九块五，
常把硬座当卧铺。
奶奶回家总唠叨，
抱着孙女最幸福。

一年三百六十五，
常把回家当觉补。
爷爷在外总忙碌，
想想孙女也知足。

第三篇　黎明被你的脚步惊醒

【随心所“语”】

无论是做人还是做事都需要一种大爱，一种大德，一种大善。只有不断地修炼这种大爱、这种大德、这种大善，才会立于不败之地。我想，这或许就是太和人与太和集团的成功之道。靠歪门邪道，人和企业都不可能走远。

太和之歌

我们的名字叫太和，
花开河北芬芳世界。
每一座商城都是我们敢为人先的杰作，
红红火火前景广阔。

我们的名字叫太和，
靓丽城市壮美田野。
每一次超越都是我们誓争一流的硕果，
放眼未来再创新业。

我爱太和，
太和爱我，
爱岗敬业，
勤奋工作；
我爱太和，
太和爱我，
追求卓越，
勇于开拓；
我爱太和，
太和爱我，
服务社会，
报效祖国。

【随心所"语"】

如果在爱前面加上一个"钟"字，那么，这种爱就会成为独一无二的了，即使时过境迁，也不会让给别人。我是这样。

唯一

你像一条河流经百世生生不息，
你如一座山沐浴春风拔地而起，
你似一壶酒陶醉四季飘香万里，
你是一首歌穿越时空唱响希冀。

经历过风霜雪雨才懂得爱的威力，
纵然有一天生命终止也不言放弃，
我要让全世界知道你响亮的名字——天下裘都，
你的一草一木都是我心中的唯一。

你将一粒子播撒沃土种在心底，
你握一根针编织希望锦绣美丽，
你捧一缕线陪伴日月温暖大地，
你用一生情演绎人间不朽传奇。

品尝过酸甜苦辣才明白爱的真谛，
牵手拥抱这欢乐祥和的美好世纪，
我要让全世界记住你漂亮的名字——天下裘都，
你的一点一滴都是我心中的唯一。

注：河北枣强大营是世界皮草的发源地。历史上有天下裘都之称。

【随心所“语”】

工作如海，泛舟于海，方知海之宽阔；创业如山，坚韧为径，循径登山，方知山之高大；生活如歌，奉献是曲，如曲而歌，方知歌之动听。只有启程，才会达到理想之地；只有拼搏，才会不断获得成功；只有追求，才能品味堂堂正正的人生。

其乐无穷

清清河水城中过，
几度春秋梦里波。
昔日胜似龙须沟，
今朝两岸人如梭。
若要城乡大变样，
放眼未来共拼搏。

朵朵鲜花开满坡，
赛过江南好景色。
昔日沙丘无鸟落，
今朝林中笑如歌。
若要城乡大变样，
其乐无穷莫蹉跎。

【随心所"语"】

美是可以创造的。大家心情舒畅愉悦是人世间最美的景色。愿衡水湖能够创造出这样的景色。

衡水湖

——我心中最美的景色

笑声荡起千顷碧浪，
浪花怒放日丽风和，
江河箭步携文明一起落座，
纵舟把动听的故事诉说。

云间盘旋笑语欢歌，
鱼跃脚下天蓝水阔，
大地飞舞邀梦想一路同行，
扬帆把美好的明天开拓。

啊，朋友！
衡水湖的模样天造地设，
衡水人的热情大爱磅礴，
天南地北来的都是客，
大家开心才是最美的景色。

注：衡水湖，俗称“千顷洼”，湖水面积75平方公里，湿地面积283平方公里，坐落在河北省衡水市南部，是国家级自然保护区。

【随心所“语”】

我爱石家庄。但想不到石家庄的空气质量会糟糕到这样的程度。生气无济于事。让我们一起努力，快快把碧水蓝天请回到家里来吧。

飞翔吧石家庄

巍峨的群山喜气洋洋，
希望的田野笑声飞扬，
这是一场生命的较量，
群情激扬发力图强。
加油吧我的河北我的石家庄！
燕赵大地就像赛场一样，
今天你用奇迹奖赏梦想，
人民就会为你喝彩为你鼓掌。

晴朗的天空精神飒爽，
可爱的家园美丽登场，
这是一场风光的演出，
波澜壮阔满目辉煌。
飞翔吧我的河北我的石家庄！
有心中的太阳为你导航，
明天你会舒展魅力臂膀，
驰骋在快乐幸福的人间天堂。

【随心所“语”】

首先把发展理念调试好，对于河北而言至关重要。

河北正在阔步向前

站在新的起点，
高扬时代风帆，
沿着科学发展航线，
奔向富民强省彼岸。
解放思想攻坚克难，
河北正在阔步向前！

打开新的画卷，
牵手美好明天，
汗水擦亮秀美山川，
心血浇灌幸福平安。
抓住机遇发力追赶，
河北正在阔步向前！

【随心所“语”】

喜欢一个地方，决不仅仅是它的外表，而是其内涵。喜欢一个人同样如此。

祝福上海

你的胸膛是成就梦想的神奇舞台，
你的心跳是领跑时代的动人节拍。
你用奇迹把春天的故事精心编排，
你用精彩抒发对祖国的赤诚情怀。
这就是我心爱的上海，
这就是我依恋的上海，
我愿把所有的祝福都献给你：
你的明天一定会拥有更加美好的未来。

你的魅力将爱传递飘香五洲四海，
你的风采如旭日东升与祖国同在。
你用温暖让燃烧的激情绚丽多彩。
你用深情使欢乐的笑声汹涌澎湃。
这就是我迷人的上海，
这就是我浪漫的上海，
我愿把所有的祝福都献给你：
你的明天一定会拥有更加美好的未来。

【随心所“语”】

人，只有登高望远、海纳百川、见贤思齐、永不知足才会不断进步；目光短浅、目中无人、满足现状、固步自封只能与落后为伍。

跟我来为内蒙古放歌喝彩

大青山敞开了大胸怀，
大草原处处是大舞台，
大口岸连通五洲四海，
大西部又赶上了好时代。
朋友啊跟我来，
跟我来为内蒙古放歌喝彩，
放歌新的希望，
喝彩美好未来。

大团结的旗帜迎风摆，
大英雄的家乡春常在，
大开发的战场最气派，
大发展的脚步驰骋豪迈。
朋友啊跟我来，
跟我来为内蒙古放歌喝彩，
放歌新的希望，
喝彩美好未来。

注：2010年我带队到内蒙古考察边境贸易，开拓裘皮服装市场。同时回访了友好县市二连浩特市和乌拉特后旗。最后一站到达满洲里。八天时间行程近万里，先后参观了十五个工商企业，并与枣强在呼和浩特、包头、二连浩特、满洲里做生意的客户代表进行了座谈，详细了解了裘皮服装的销售情况、出口情况和遇到的难题。在内蒙古考察期间，我们不仅感受到了内蒙古人的热情豪放，而且看到了内蒙古百舸争流的发展景象，甚是高兴。

【随心所“语”】

为国家荣誉而战的精神，应该从我们全体中华儿女的身上体现出来。

爱祖国爱世界

年轻的脚步永不停歇，
更快更强更高已融进我们的血液，
梦想奇葩正盛开在地球上每一个角落，
这是我们用汗水收获的喜悦。
我们爱拼搏我们爱超越，
我们爱国歌奏响国旗升起的那一刻。

青春的力量魅力四射，
友善友好已植入我们的心窝，
让和平之光照亮那人世间所有的黑夜，
这是我们用生命许下的承诺。
我们爱人民我们爱生活，
我们爱国运昌盛国泰民安的每一刻。

我们爱祖国，
我们爱世界，
我们爱国歌奏响国旗升起的那一刻，
我们爱国运昌盛国泰民安的每一刻。

【随心所“语”】

汶川，你是让我心碎的地方，也是让我流泪最多的地方。在我心里，你就是我的家乡，真的好美好美。

我的家乡最美最美

这里的天阳光明媚，
这里的水拨动心扉，
这里的山形影相随，
这里的家记忆最美。

这里的歌听着入睡，
这里的舞跳过陶醉，
这里的爱日月同辉，
这里的人坚不可摧。

我的家乡最美最美，
为你付出无怨无悔；
我的祖国最美最美，
斟满祝福为你干杯。

【随心所“语”】

生活离不开劳动，劳动创造财富，不劳动就过不上好日子。所以，要给劳动者足够的尊重，让劳动者最体面、劳动者最吃香、劳动者最光荣成为一种时尚，创造社会财富的源泉才会充分涌流。离开劳动，谈民富国强最不靠谱。

劳动者的光华

春天的眼睛在悄悄地观察，
窗外那棵枣树已偷偷发芽，
俏皮的鸟儿在树枝头玩耍，
可爱的小草抬起头抢着说话：
冬天睡了，
春天醒了，
这世界——
永远属于劳动者的天下。

秋天的笑容也让美丽惊讶，
门前那片田野已装满彩霞，
丰收的果实正在排队出发，
滚烫的汗水这样对大地回答：
夏天去了，
秋天来了，
这世界——
永远绽放劳动者的光华。

【随心所"语"】

有人说，一个能吃苦肯吃苦的人，总有一天会享福，我信。有人说，一个没有吃过苦的人，一辈子都不会尝到幸福的滋味，我信。我信，苦尽甘来这个理。

向志愿者学习，向志愿者致敬！

志愿者

我们的队伍群星闪烁，
我们的舞台宽广辽阔，
我们是整装待发的志愿者，
祖国和人民召唤时会挺身而出。
服务就是我们的光荣职责，
奉献就是我们的共同选择，
哪里有我们哪里就有笑语欢歌。

我们用笑容感动世界，
我们将爱心写满岁月，
我们是放飞梦想的志愿者，
祖国和人民需要时会不负重托。
服务就是我们的庄严承诺，
奉献就是我们的共同选择，
哪里有我们哪里就有笑语欢歌。

【随心所“语”】

大热天跑到山东日照，不是去观大海，而是去看挚友。他叫任三明，我们曾经在一起共事多年。他聪明善良、待人真诚，勤奋敬业，上进心强，无论在哪一个岗位干得都非常出色，给人的印象超好。前些年他被聘请为一家钢铁集团的副总，工作风生水起，事业如日中天。他没有任何背景，全凭自己的努力。他的成功印证了一个道理：海阔凭鱼跃，天高任鸟飞。

蛇年七夕随笔

手持朝霞上高楼，
怀抱日照下海游。
万平口前景色美，
遍地情人秀风流。

心坐浪尖乐悠悠，
又见明月立船头。
对饮心中一杯酒，
同舟共济梦不休。

注：万平口是山东省日照市最大的海滨风景区。

【随心所“语”】

老师同父母一样，可亲可敬。小时候，父母把我们交给老师，如同老师把知识交给我们一样，心中点亮的都是希望。我们要爱我们的父母，更要爱我们的老师。

老师

老师啊老师，
我一直这样对你称呼。
今天我站在讲台，
才知你一生为什么那样用心良苦。
点亮心中的蜡烛，
这辈子，
我会像你一样耕耘希望默默付出。

老师啊老师，
我也被别人这样称呼。
昨天你站在讲台，
播下的种子都已成长为参天大树。
点亮心中的蜡烛，
这辈子，
我会像你一样用生命去浇灌幸福。

【随心所“语”】

这是我平生第一次到延安参观学习，也是第一次重走“赶考路”。穿越时空，零距离感受毛主席等老一辈无产阶级革命家在延安、西柏坡时期的工作和生活，给我的教育刻骨铭心，终身难忘。一路走，一路听，一路看，一路想，思绪万千，百感交集，我们真的不能忘记他们，不能忘记为新中国牺牲的先烈们，我们还应当把他们留下来的光荣传统、优良作风、伟大精神发扬光大，一代一代地传承下去。

延安归来

延安归来秋正浓，
直奔柏坡向前行。
今又重走“赶考路”，
忘看香山枫叶红。
圆梦切记“两务必”，
岂敢再学李自成。

注：2013年10月13日，省委党校第二期市厅班学员早晨6点从延安乘火车回到石家庄北站后，换成旅游大巴直奔平山县李家口村。这里是当年马列主义学院所在地。15日到西柏坡参观学习。16日8点，在五大书记像前举行了简短庄严的重走“赶考路”出发仪式，重温了入党誓词。途中学习参观了白求恩纪念馆，聆听了毛主席在唐县、涿州的感人故事。17日上午9点到国家博物馆参观复兴之路展览，12点到达香山双清别墅，讲解员向我们介绍了毛主席在这里的工作和生活情况。最后，党校老师做了“赶考”仍继续，新时期如何向历史、向人民交一份合格答卷的主题点评。

【随心所"语"】

心情舒畅是最好的学习环境、工作环境和生活环境。

梦想成真

——为衡水学院而作

飞扬的笑脸四季如春，
校园优美像家那样温馨，
书山赏日月，
学海数星辰，
我们的快乐时光精彩绝伦。

绚丽的心情五彩缤纷，
师生情谊似海那样深沉，
春夏忙收获，
秋冬紧耕耘，
我们的青春岁月光彩照人。

守正出新——我们壮志凌云，我们携手奋进；
守正出新——我们前程似锦，我们梦想成真！

注：守正出新，是衡水学院校训。

【随心所“语”】

人生路上，爱情没有回程，两口子既然一块上了车，就要想法一块儿到达目的地。

在路上

我们无法挽留岁月的脚步，
却懂得了什么叫情同手足，
在路上因为有了你的呵护，
我的世界花团锦簇光彩夺目。
快乐是我最心爱的礼物，
我想送给你快乐的全部，
在路上你会拥有波澜壮阔的幸福。

我们无法停下岁月的脚步，
也知道了什么叫风雨无阻，
在路上因为有你的追逐，
我的天空春光明媚笑声飞舞。
平安是我最珍贵的礼物，
我想送给你平安的全部，
在路上你会拥有无穷无尽的幸福。

【随心所“语”】

淼儿，你来了，你来到这个世界，是2012年11月10日的凌晨，天才蒙蒙亮。“生了个千金，挺好的。”奶奶在电话里激动地告我。

淼儿，爷爷这天晚上没有一点点的睡意，一会儿躺下，一会儿坐起，一门心思等待你出生的好消息。

奶奶说，你“哇”的一声，铃铛般的清脆，如同比赛场上裁判员的发令枪，带给家人从未有过的惊喜。

淼儿，爷爷因为工作缠身，见到你已经是你出生后的第三天了。赶到医院，看见你双眼炯炯有神，肤色洁白如玉，神态轻盈安然，美若仙女下凡，爷爷心里有说不出来的高兴。

那天，雪下得好大，爷爷又去看你。你已经会笑了。笑的，好可爱，真的好可爱！

爷爷想，你一准儿喜欢爷爷。爷爷还想，或许你还喜欢冬天，喜欢冬天的大雪。尽管你还不知道，只有这个季节，雪儿才可以忘乎所以，随心所欲，欢呼雀跃，漫天飞舞，然后用洁白如玉的身体把地球紧紧抱在怀里。但爷爷希望你能和雪儿一样，心里要有云水襟怀，身上要有松柏意志！

淼儿，爷爷明白，对你说这些话实在是为时过早，但爷爷还是要说。为什么？

因为，你要走的路还很长很长……

淼儿，我们永远喜欢你，我们永远陪伴你！

足矣

时而把你揽在怀里，
时而又把你高高捧起。
孙女啊宝贝，
我们愿意把爱全都给你，
你给爷爷奶奶一个笑脸足矣。

时而陪你一块嬉戏，
时而又哄你不要哭泣。
孙女啊宝贝，
我们愿意把爱全都给你，
你还爷爷奶奶一个开心足矣。

【随心所“语”】

我经常问我自己，家在哪里？其实，我知道，家不在这里，家在山里。但在我的心里，家早已经搬出了大山，搬进了40多万父老乡亲们的心里。现在，这个家已永久地安在了我的心里，这辈子无法忘记。

无与伦比

漂泊的心情装满希冀，
温馨的电波午夜传递。
灿烂的笑容有爱沐浴，
幸福的时光无与伦比。

回家的路途近在咫尺，
忙碌的脚步忘记停息。
美好的未来用心编织，
耕耘的快乐无与伦比。

金色的麦浪傍晚退去，
碧绿的秋波天亮又起。
滚烫的汗珠欢天喜地，
收获的景色无与伦比。

【随心所“语”】

一家团圆易，大家团圆难。中秋月无眠，相思又一年。

幸福遨游新时空

天地之间匆匆行，
常借明月赶路程。
车轮放飞相思梦，
快乐藏在奔波中。
若问明天哪里去？
幸福遨游新时空。

第四篇　爱永远属于你

【随心所“语”】

求木之茂者，必固其根；欲流之远者，必浚其源”。说到做到方能取信于民。

百姓是根

你紧紧拉住百姓的手，
问寒问暖总觉得没有听够，
你走进田间坐在炕头，
想的是百姓春夏冬秋，
你把爱包进那饺子里，
百姓的日子啥也不愁。
你是老百姓的领路人，
我们永远跟着你朝前走，
你是老百姓的贴心人，
有了你幸福生活天长地久。

你高高挥起有力的手，
生死相依伴随在百姓左右，
你带来希望送走忧愁，
为的是百姓幸福长久，
你用心点亮万家灯火，
百姓又添了新的追求。
你是老百姓的领路人，
我们永远跟着你朝前走，
你是老百姓的贴心人，
有了你幸福生活天长地久。

【随心所“语”】

轻而易举得到的爱情常常会轻而易举的失去。爱情从来就不是光滑的，需要用心去打磨。万事如意的人至今还没有产生。爱情只有掌握在两个人的手里，才会坚固永恒。幸福依附在爱情的身上，爱情没了，幸福何在？那些拿爱情当儿戏的人，只能在孤独的夜里大口大口地把悔恨和痛苦吞进肚里。

初恋记忆

又见那条清澈的小溪，
仿佛又回到初恋的日子，
绵绵细语在耳边萦绕，
是爱让我们走在一起，
品尝甜蜜分享笑语。

又见那片茂密的树林，
还能嗅到你诱人的气息，
沐浴着明媚的阳光，
我们牵手走过风风雨雨，
生死相依陪伴朝夕。

又见那座忙碌的小桥，
依稀看见你飒爽的英姿，
今后的路无论平坦崎岖，
你是我永远的爱人，
我是你终生的伴侣。

【随心所“语”】

人与人之间，如同钥匙和锁，只要合适，一拨即开。爱情也是这样，只是这把钥匙和锁，要靠两个人共同打造和开启。爱情来了，就不要放手。没有主意的人最容易错失良机，最容易上当受骗，最容易耽误大事。

别再等待

我的心门早已打开，

多想让爱神快快进来，

您的选择不要再摇摇摆摆，

您的决定不要再犹豫徘徊，

宝贵的时光总有一天不在，

人世间的缘分要靠自己主宰，

想爱就爱别再等待，

我会送给您幸福的未来。

【随心所“语”】

一个人如果能够把心思全都用在工作上，其身后肯定有一个美满幸福的家庭。两情若是久长时，又岂在朝朝暮暮。这话我信。

见到你

见到你爱又团聚，
我知道你特别珍惜。
爱是手中永不熄灭的火炬，
让我们手牵手高高举起，
一起来吧！
一起来相互传递，
快乐永远属于你。

见到你爱会升级，
我知道你格外欢喜。
爱是心田永不变质的种子，
让我们心连心撒满大地，
一起来吧！
一起来收获果实，
幸福永远属于你。

【随心所“语”】

这是一个真实的故事，两个互不相识的人在首都机场登机口一见钟情，之后结婚、生子。多少年过去了，两口子依然恩爱如初，小日子过得相当甜蜜和幸福。其实爱情就是一次旅行。在天地之间起起落落，什么情况都可能发生。结婚就是给爱情安了一个家。缘分来之不易，务必格外珍惜。

爱情登机口

站在爱情登机口，
第一次与你邂逅。
虽然你只是无意中向我点了点头，
却让我抓住了你的眼神不肯放手。
坐在你身旁触摸你的衣袖，
颠簸时感受到了你的温柔。
怕什么害羞凭什么保守，
你的心穿过气流已被我抢走。
不管天有多长地有多久，
我的爱今生注定要降落在你左右。
虽说真爱可遇不可求，
坚信缘分人人都会有，
只要心中有梦有追求，
他（她）会等你在下一班爱情登机口。

【随心所“语”】

牵挂、思念、鼓励、感激他人是一种责任，被人牵挂、思念、鼓励、感激则是一种幸福。

希望不会失约

牵挂是没完没了的问号，
你的回答妈妈最想知道；
思念是没完没了的唠叨，
你的付出爸爸心里明了。
人生的路谁都无法预报，
爸妈的话你要掂量思考：
寒夜总要过去，
黎明不会失约，
只要爱心燃烧，
日子越过越好。

期盼是没完没了的祈祷，
你的前程妈妈陪你寻找；
祝愿是没完没了的辛劳，
你的幸福爸爸帮你辅导。
奋斗的路不能偏离目标，
爸妈的话你要用心记牢：
坎坷总能过去，
希望不会失约，
只要爱心燃烧，
生活越来越好。

【随心所“语”】

没有时间陪你，就抽出点时间想你。感谢秋雨，给了我半晌想你的时间。爱，有秋雨的眷恋，会更加郁郁葱葱、色彩斑斓……

秋雨

午后的秋雨，
忘记了休息，
恨不得让大地统统挂满果实。
天天想你，
午后的秋雨，
你就是我的全部希冀，
我愿把一切都放弃，
就这样折磨自己。
今生今世为了你，
在所不惜。

午后的秋雨，
舍不得停止，
只想把思念的小溪汇流一起，
快快让幸福的时光马上团聚。
天天想你，
午后的秋雨，
你就是我的生命唯一，
我愿让一切都如意，
就这样惩罚自己。
今生今世陪伴你，
守望到底。

【随心所“语”】

家长究竟应该教给孩子点什么？送给孩子点什么？留给孩子点什么？已成为一个不是问题的问题。家长是孩子的第一位老师，家长做得好，孩子受益终生；家长做得不好 ，孩子受害终生。现在不少家长对孩子溺爱太深，品性教育缺失，甚至放任自流，结果还没等孩子成人就进了牢房，让人痛心惋惜至极。对于孩子，给什么也不能给“私心”，缺什么也不能缺“良心”。无论贫穷还是富有，送给孩子一颗上进心、一份好心情比什么都珍贵，让孩子快乐健康的成长比什么都重要。当今社会，应不惜一切代价治理对于孩子心灵深处的环境污染，所有家长包括全社会要无微不至的特别细心的呵护好孩子们那颗纯真的心。

此时此刻

此时此刻，
我想说句心里话，
今天我就要把新娘娶回家，
爸爸妈妈你们就放心吧，
感谢你们把我养大，
我会争气一切不比别人差。
我说过爱的路走多远也不会分岔，
跌倒了我会咬紧牙关往起爬。
请你们不要担心不必害怕，
掌声见证，
疼你爱你我们会不惜代价。

此时此刻，
我想说句心里话，
今天我就要穿上漂亮婚纱，
爸爸妈妈你们就放心吧，
感谢你们把我养大，
我会努力把一切做到最佳。
我知道爱的路没到终点又要出发，
风雨中我会加快追赶步伐。
请你们不必顾虑不要牵挂，
笑声见证，
养育之恩我们会争相报答。

【随心所“语”】

父爱如山搬不动，母爱似海填不平。纵然儿女把心掏得一干二净，也报答不尽父母的养育之恩。百善孝为先。孝敬父母贵在自觉、重在行动。绝对不能推，坚决不能等，万万不能拖。

家有父母

父亲是家里的顶梁柱，
用汗水为儿女擦亮道路，
无论你飞多高走多远，
不能忘记那间温馨的小屋。
家有父母是大家的幸福，
记住加快回家的脚步，
不要说多么忙碌，
不要说多么辛苦，
孝敬父母，
就是那儿女的义务。

母亲是家里的主心骨，
用心血为子孙缝补前途，
无论你官多大有多富，
不能忘记那床热乎的被褥。
家有父母是大家的幸福，
记住加快回家的脚步，
不要说多忙多累，
不要说多么辛苦，
孝敬父母，
就是那儿女应尽的义务。

【随心所“语”】

梦，其实就是一条路，只是需要你自己去设计、筑基、拓展、延伸……

有人问我，何为中国梦？我说，让老百姓的梦变为现实就是中国梦。

甜蜜的梦

甜蜜的梦陪我入睡，
是你把快乐的往事找回，
爸爸的严厉，
妈妈的慈悲，
那是爱的天空，
飘落在人间挥之不去的滋味。
梦醒了才发现，
幸福的泪水早已打湿厚厚的衣被。
今天我想对父母说，
爱会一辈传一辈，
纵然岁月无情，
也改变不了你在儿女心中神圣的地位。
甜蜜的梦让我陶醉，
是你把希望的蓝图描绘，
人民的安康，
国家的富强
那是爱的太阳，
奉献给人类更为耀眼的光辉。
梦醒了又看见，
幸福家园已经挂满鲜艳的花蕾。
今天我想对祖国说，
爱会一代胜一代，
即使地动山摇，
你永远是矗立在百姓心中不倒的丰碑。

【随心所“语”】

我已经五十过半，但在父母眼里还是个孩子。他们知道我的工作耽误不起，所以无论家里发生什么事情总是瞒着我。这些年，父母对我说的最多的一句话就是：“好好工作，不用惦记我们。” 听了之后心里总是热乎乎的。 他们心里装的全是别人，唯独没有自己。此时此刻，我最大的心愿就是祝天底下所有的父母幸福安康!

温暖今生

蓝天孕育着我的梦，
白云鞭策着我的行，
深夜里是谁在打理春夏秋冬？
那是爸爸在用心为我描绘前程。
爸爸呀爸爸！
你的恩情照亮时空，
我们爱你其乐无穷。

小溪滋润着我的爱，
大地生长着我的情，
黎明时是谁在守护幸福安宁？
那是妈妈在用爱为我温暖今生。
妈妈呀妈妈！
你的伟大见证永恒，
我们爱你情有独钟。

【随心所“语”】

人与人之间建立起来的友情、亲情、爱情，它的坚固结实程度取决于彼此信任的程度。赢得一个人的信任需要你赢得对方百分之百的放心。信任靠事实说话，而不是花言巧语。信任的力量可以抱起整个世界。能够被人信任的人是了不起的人。我敬佩这样的人。

信任

爱的信任何必让别人去猜想，
因为它早已属于我的收藏，
无论有苦有难的日子多忧伤，
我的爱会永远守候在你身旁。
感谢苦感谢难让爱学会欣赏，
感谢风感谢雨让爱相互向往，
信任是苦与难释放的力量，
只要爱，
生活会洒满阳光。

爱的信任无法让别人去担当，
因为它早已落在我的肩上，
无论有风有雨的路途多漫长
我的爱会永远陪伴在你身旁。
感谢风感谢雨让爱变得坚强，
感谢苦感谢难让爱挂肚牵肠，
信任是风和雨赐予的力量，
只要爱，
希望会扬帆起航。

【随心所“语”】

创作一首颂扬媳妇的歌曲，是我导师李援朝先生提出的。那时他刚刚从中央党校出版社社长的位子上退了下来。从此，我像是在完成一门儿作业那样，开始留意我身边朋友们媳妇的言谈举止和日常生活中的点点滴滴，果然给了我很多启发。评价一个媳妇好不好，真的找不到现成的标准答案，因为它埋在每一个人的心里很深很深。但有一点我必须要说，媳妇是一个庞大的群体，这个群体不仅维系着无数个家庭的快乐幸福，也孕育着一个民族、一个国家乃至整个世界的安定幸福与文明进步。在我眼里，不，在我心里，好媳妇就是夜空中星光偷偷掉下来并准时落在窗前的那个不离不弃的身影。

媳妇

清晨我还睡得正熟，
你已经出门上路开始忙碌，
每天忙完工作又操劳家务，
一日三餐盛满了你美丽的汗珠。
你是我的好媳妇，
养儿育女照料父母，
从来没有说过一句苦。
你是我的好媳妇，
感谢你陪伴我日落日出，
风雨无阻。

深夜我在看报读书，
你已进入梦乡把疲劳删除，
每天送走星光又期盼日出，
一年四季收割着你微笑的脚步。
你是我的好媳妇，
亲朋好友默默相助，
总说大家平安才幸福。
你是我的好媳妇，
感谢你陪我走过这一路，
朝朝暮暮。

【随心所“语”】

爱是由心而生的，用好很重要，可以把它当做发动机，让自己飞得更高；可以把它当做加油站，让自己跑得更远；可以把它当做防身服，让自己站得更稳，可以把它当做催眠曲，让自己睡得更香……能够听到老伴的呼噜声，对我来说是一种难得的享受。

呼噜

夜闻老伴呼噜声，
不知不觉入梦中，
翻来覆去都是爱，
一觉醒来到天明。

呼噜有声更有情，
你愿打来我愿听，
只要身体扛得住，
即使打雷也欢迎。

【随心所“语”】

抚摸，是喜欢到极致的爱。

抚摸

天边挂着你甜蜜的酒窝，
夜幕拉开我不变的执着，
思念时的痛犹如刀割，
美好时光我们要好好把握。

希望荡起我吻你的狂野，
梦想飞进你快乐的星河，
拥抱过的爱今生难得，
幸福生活我们要慢慢度过。

这世界属于你也属于我，
相濡以沫的天空最辽阔，
让我们牵手春夏秋冬，
轻轻地把夕阳的脸颊抚摸。

【随心所“语”】

你的爱已经完全渗透进我的血液里，没有任何办法能够把它分离出来。我的任务就是把这种爱传递下去，亲手放在孩子们的手心儿里，让他们攥紧幸福，使明天的生活变得更加有滋有味。

“人生不仅是一支短暂的蜡烛，而是暂时举在手上的火炬，我们一定要把它燃烧得十分光明，然后把它交给下一代的人们。”这句话我一直铭记在心，而且终身难忘。

传递

打开珍藏多年的记忆，
无法忘却你的呵护养育，
真情犹如绵绵细雨，
默默汇成江河万里，
无声无息点点滴滴，
在我心中奔流不息。
今昔今朝今朝今昔，
我会报答我会延续！

凝望梦想编织的阶梯，
无人擦去你留下的足迹，
挚爱映红天边晨曦，
悄悄托起一轮红日，
惊涛骇浪无所畏惧，
在我心中冉冉升起。
今世今生今生今世，
我会铭记我会传递！

【随心所“语”】

奶奶，好想你！我们会照顾好爷爷，请你放心。奶奶，你给我们留下了太多想你的理由……但愿你在那边的世界里像你在这边世界里一样，快乐幸福！

写给祖母

养儿育女，
学今识古，
含辛茹苦，
默默付出。
日落日出，
风雨无阻，
一日三餐，
非你莫属。
说事拉理，
难得糊涂，
大将风度，
屈指可数。
与人为善，
情同手足，
有求必应，
邻里和睦。
九十春秋，
高山仰慕，
大恩大德，
人间永驻。

【随心所“语”】

“秋丛绕舍似陶家，遍绕篱边日渐斜。不是花中偏爱菊，此花开尽更无花。”

老伴，在我心中，你是一枝永不凋零的秀丽俊美的菊花。祝生日快乐！天天快乐！

菊花颂

世上有花难胜举，
相爱却不一。
我爱花中一枝菊，
独秀招人喜。
爱你性格如春雨，
润物甜如蜜。
爱你风度松难比，
寒霜何所惧。
爱你长在原野里，
香飘我心底。
问君花能开几时？
爱会告诉你。

【随心所“语”】

如果有人问我，世界上什么最美？我会毫不犹豫的回答：妈妈的笑容。

妈妈的笑容

风儿带着快乐的心情，
伴我回到温馨的家中。
白云裁下希望的彩虹，
蓝天献上祝福的歌声。
我爱草原啊情有独钟，
看见你就像看见妈妈的笑容。

雨儿告别养育的云峰，
让美丽绽放花海丛中。
牛羊漫步迷人的风景，
骏马驰骋锦绣的前程。
我爱草原啊今生永恒，
想起你就会想起妈妈的笑容。

【随心所"语"】

幸福，其实也是一段段删不掉的回忆。

祝你开心每一天

记得那是一个不想回家的夜晚，
萤火虫发的光比霓虹灯还耀眼。
打开你上课时塞给我的小纸条，
你的心像篝火把我的想象点燃。
爱来得太突然我一时没了主见，
不知道这是不是人们说的初恋。
知了的狂叫为谁在一遍一遍地呐喊，
难道这个夏天就注定了我们的姻缘。
多年后你我天各一方都封存了思念，
没有结局的初恋仍然觉得那样温暖。
人生何其短真爱并不难想好你就爱，
要主动要勇敢要果断没有必要躲闪。
不离不弃无怨无悔勇往直前到永远，
执子之手白头偕老祝你开心每一天。

第五篇　快乐没有寂寞的时候

【随心所“语”】

父母对儿女们的爱从来不会迟到。儿女们应该好好想一想，我们对父母是什么样？

让爱奔跑

早已上班的那轮红日，
为我们把人生的大道照耀。
树枝头喜鹊嘹亮的报告，
那是让我们出发的号角。
朋友啊朋友！
让爱出发吧，
一切会好。
不要说如今的我心情不好，
不要在乎曲折坎坷有多少，
只要朝着心仪的目标让爱奔跑，
成功就一定能够找到。

永不退休的那抹彩霞，
为我们保存美的生活剧照。
夜空中繁星无声的唠叨，
那是让我们回家的信号。
朋友啊朋友！
让爱回家吧，
一切会好！
不要说时间还早啥也重要，
更不要把定好的行程取消，
只有朝着心跳的地方让爱奔跑，
幸福才永远不会变老。

【随心所“语”】

我理解，婚礼的本质意义就是父母把开启家门的钥匙交给一对新人，然后告诉他们：幸福就是你们手里的钥匙，只能掌握在自己手里。

恭喜

太阳笑眯眯，
逍遥游东西，
路上巧遇连理枝，
追着道恭喜。
樱花红陌上，
绽放在心底，
燕子双飞声声里，
欢聚在今夕。
帅哥配靓女，
知己又知彼，
相敬相爱一辈子，
终生好伴侣。
蜜月刚开始，
公婆要留意，
吃穿住行全是礼，
切莫冒傻气。
人生一台戏，
主角是儿女，
恭喜恭喜再恭喜，
幸福甜如蜜。

【随心所“语”】

爱，是一把超级锋利的“双刃剑”，用对了，可以从中获得快乐和幸福；用错了，它会毫不客气地将你置于死地。原本，爱就是有选项的，一定要三思而后行。千万不要因为选错项，让社会再受到伤害，让家庭再受到伤害，特别是让亲人和孩子们再受到伤害。要想抚平爱所造成的“痛”，需要全社会的共同觉醒和用力才行。

把爱给了谁

日月结伴行，
天地相依偎。
咱要把爱给蓝天，
让蓝天更明媚；
咱要把爱给大地，
让大地更俊美；
咱要把爱给高山，
让高山更雄伟；
咱要把爱给江河，
让江河乐得天天醉。

岁月似流水，
光阴如箭飞。
咱要把爱给父辈，
让父辈都欣慰；
咱要把爱给兄妹，
让兄妹都和美；
咱要把爱给朋友，
让朋友都敬佩；
咱要把爱给人民，
让人民幸福万万岁。

【随心所“语”】

我在县工作时，由老干局主办，老政协主席范乃金同志牵头，成立了一个由老同志参加的夕阳红诗社，并邀我给诗社题写了刊名。诗社的社员创作热情很高，短短几年，写了不少讴歌党、讴歌人民、讴歌祖国、讴歌时代的诗词佳作，为枣强的发展、祖国的发展鼓劲加油。这是我在诗社成立一周年座谈会上送给大家的几句话，表示鼓励和祝贺。没有想到老范同志说走就走了，但他的诗作和无私无畏的精神将永存人间。

夕阳永不落山

漫步方寸之间，
追寻美好明天，
讴歌时代变迁，
梦想在天空中盘旋。

从少抵达暮年，
壮志与日齐肩，
耕耘幸福时光，
希望在大地上繁衍。

谁说生命都有终点？
我信夕阳永不落山。

【随心所“语”】

生命有长短，追求无止境。人老心不老，越活越年轻。

自勉

书山跋涉，
壮志凌云自奋蹄。
学海漫步，
心潮起伏无落日。

青春无悔，
志在千里未有期。
老骥伏枥，
誓与少年比高低。

【随心所"语"】

2012 年 11 月 10 日，孙女出生，爷爷 95 岁。我当了爷爷还做着孙子，真的感到特别幸福。这种幸福很多人望尘莫及，因为花多少钱都买不到。有时候幸福和财富是两码事，不能简单地画等号。

好事成双

金秋鸿运从天降，
喜迎五世又同堂。
人间正道是沧桑，
中华儿女当自强。

龙年福运从天降，
笑迎五世又同堂。
谁说女子不如男？
好事成双最吉祥。

【随心所"语"】

当一个人对解决个人困难和问题力绝计穷时，而又无法得到外援的情况下，往往会把克服困难、解决问题的剩余力量毫无保留地用来折磨自己。我曾不止一次地遇到这种情况。但愿你不要这样。其实，一个人泪点高低与坚强不坚强没有太大关系，有时候越坚强的人越容易掉泪，只是没有让你看见而已。还有，一个人泪点高低与性别也没有太大关系，男儿有泪不轻弹，只因未到伤心处，其实女人没有伤心的事也不会轻易掉泪。我倒觉得，动不动就好抹眼泪的人不一定是最坚强的人，但一定是心地善良、善解人意的人。我的好兄弟金波有一首歌，叫《有事你就说》，真的很好听。朋友们，有事你就说，太多太多的好心人会帮你。此时此刻，尽管我泪流满面，但实在不愿意看到孩子们望眼欲穿的眼泪，哪怕是一滴。祈盼普天下的孩子快乐、健康、幸福！

孩子不哭

你曾用坚强把我征服，
多少感动藏在心里想说也说不出，
虽说命运对你这样残忍这样冷酷，
可你依然用微笑把梦想倾诉。
孩子不哭，
相信爱会为你找到通往梦想的路，
只要我们不放弃追寻的脚步，
你会比天底下最幸福的人还要幸福。

我会用生命把你搀扶，
春夏秋冬风雨无阻谁说也挡不住，
虽说岁月让我如此辛苦如此忙碌，
但我情愿用全部将梦想呵护。
孩子不哭，
相信爱会为你照亮实现梦想的路，
只要我们不放慢快乐的速度，
你会比天底下最幸福的人还要幸福。

【随心所“语”】

人活着千万不能在乎别人怎么去说，重要的是自己如何去做。成功是行动的结果。整天躺在床上睡大觉的人只能把一个梦想变为另一个梦想。天道酬勤这句话不会骗人。

心语

三十七载跋涉路，
进退留转亦风光，
今生只图心无悔，
当个乞丐又何妨。

命运自在手中掌，
巧时让人难猜想。
真若天道能酬勤，
谢日谢月谢老娘。

【随心所“语”】

雾霾缘何如此缠人，怎么撵也撵不出家门？因为它是人类自己生的孩子。所以我们要告别雾霾，必须从每个人做起，忍痛割爱。除此，无路可走。

告别

不知道有多少个清晨，
眼睛已看不到天空本真的颜色；
我知道每当夜幕降临，
车似蚂蚁爬满了城市所有的角落；
藐视比风沙还要肆虐，
一片片绿洲在无奈地变成沙漠；
装在舌尖上的原子弹，
迟早有一天会把人类文明毁灭。
凝望苍穹，
我默默地祈祷，
请你告诉我：
谁能给良心发一个最最灵验的预警信号，
让世界快快告别这天灾人祸横行的岁月？

【随心所"语"】

相信，是一种力量，能够使人在绝望中看到希望。

相信

人生路很宽，
有山也有川，
无论旅途多遥远，
坚持奇迹会出现，
相信有爱在身边，
快乐无极限。

命运扛在肩，
有苦就有甜，
只要梦想装心间，
其实成功也简单，
相信雨后是彩虹，
明天更灿烂。

【随心所“语”】

我喜欢冬雪，因为她能够以身相许，奋不顾身地去孕育和催生新的生命、新的希望。它带给这个世界的是流淌不尽的欢心和喜悦。

咏雪

深冬寒抱银花开，
飞雪急落扫尘埃。
大地畅饮幸福水，
高山含笑醉窗外。
江南绿竹挂云海，
塞北红梅出楼台。
炊烟缭绕心头爱，
只盼春风今夜来。

【随心所“语”】

一个人成长进步的过程就是不断储存和释放能量的过程，谁储存和释放的正能量多，谁就会成长进步得快一些好一些。所以，我们平时要向书本和实践多吸收、采集和储存一些正能量，并毫不吝啬地把它释放出来。你的人生一定会五彩缤纷、绚丽多彩。

储存

储存理想才能辨明方向，
储存知识才能收获力量，
储存坚强才能昂扬向上，
储存追求才能实现梦想。
慢慢打开广袤的天空振翅飞翔，
你就会成为那束最耀眼的星光。

储存希望才能一如既往，
储存奉献才能彰显善良，
储存快乐才能幸福安康，
储存付出才能创造辉煌。
轻轻打开快乐的家园茁壮成长，
你就会成为那柱最坚固的栋梁。

【随心所“语”】

人，最好的归宿莫过于自己安排时间，去做自己喜欢做的事。

迷

书山赏明月，
学海数星辰。
春夏思收获，
秋冬忙耕耘。

晚风悄悄问，
谁忘关窗门？
夜来无睡意，
独思故乡人。

【随心所“语”】

修复改善和优化人与人、人与自然之间的关系，最好的办法就是彼此体贴、真心呵护。现在，我最大的心愿就是让“呵护他人就是呵护自己，呵护自然就是呵护自己”成为全社会的共识和行动。

呵护

父母有了你的呵护无忧无虑，
兄妹有了你的呵护同舟共济，
邻里有了你的呵护难舍难离，
朋友有了你的呵护不怕风雨。
呵护别人就是呵护自己，
彼此呵护生活才会充满乐趣；
呵护他人就是呵护自己，
美丽的心灵酿造幸福甜蜜。

蓝天有了你的呵护晴空万里，
青山有了你的呵护壮美秀丽，
江河有了你的呵护奔腾不息，
大地有了你的呵护收获富裕。
呵护自然就是呵护自己，
彼此呵护才能创造生命奇迹；
呵护自然就是呵护自己，
和谐的家园放飞欢歌笑语。

【随心所“语”】

地球虽然不会说话，但真要发起火来无人可挡。所以，我们千万不要惹她生气，她快乐我们才能快乐。

地球

地球是我们的朋友，
转动着同样的欢乐同样的忧愁，
只要大家伸出友爱的手，
传递快乐送走忧愁，
美丽家园就会天长地久。

地球是我们的所有，
生长着同样的梦想同样的追求，
只要大家去拼搏去奋斗，
浇灌梦想收获追求，
幸福生活就会锦绣千秋。

啊，地球！
你是我们的朋友，
你是我们的所有，
只要大家伸出友爱的手，
美丽家园就会天长地久。

啊，地球！
你是我们的朋友，
你是我们的所有，
只要大家去拼搏去奋斗，
幸福生活就会锦绣千秋。

【随心所“语”】

治理雾霾，维护稳定，确保食品安全决不能心慈手软。我们不仅要从严治党，同样要从严治国。

假如我可以

假如我可以，
我会把宇宙撕开一道缝，
将可怕的尘埃全部驱逐出境，
让每片天空都变得清澈透明。

假如我可以，
我会扒掉你黑透的坏胸，
让肮脏的心灵不再践踏生命，
将所有名利都变得干干净净。

假如我可以，
我会浇筑一座道德法庭，
把罪恶的行径扭送上断头台，
将图财害命者统统处以死刑。

假如我可以，
我愿“假如”能使人类惊醒：
地球的呻吟就是无声的命令，
让生态文明成为世界的行动。

【随心所“语”】

端午那天，当我们吃着香喷喷粽子的时候，要知道和记住屈原是为何而死的。先人用吃粽子、赛龙舟的形式纪念屈原，把爱国情怀潜移默化地渗透到每个人的心里。这种做法，值得后人学习和借鉴。

端午有感

端起道义走四方，
午夜神州粽飘香，
快乐总在风雨后，
乐在其中爱无疆。

幸运当头肩上扛，
福如东海喜满堂，
安居乐业展宏图，
康庄大道又起航。

【随心所“语”】

生命诚可贵，爱情价更高，若为“梦想”故，二者皆可抛。

我愿意为你而干杯

谁能够让“一口气”不再淫威，
那么，我愿意为你而干杯；

谁能够让“一滴水”不再流泪，
那么，我愿意为你而干杯；

谁能够让“一粒米”不再伤悲，
那么，我愿意为你而干杯；

谁能够让“一分钱”不再浪费，
那么，我愿意为你而干杯；

谁能够让“一条心”不再乱飞，
那么，我愿意为你而干杯。

【随心所“语”】

《栽下点什么》，是我在县里工作时写的一篇散文，所思所想都在里边。

这天，习惯早起的我，比往常起得还要早些。朦胧中拉开窗帘向外望去，只见晴空万里，朝霞怒放，心情久久不能平静。回首往事，百感交集，浮想联翩，不知道有多少想说的话要说。

天，蓝得像海一样。一缕阳光偷偷爬上树梢，转眼又溜了下来，无声无息，砸得满地金灿灿亮堂堂。几只家雀在枝头飞来飞去，叽叽喳喳，像久别重逢的老友，互诉衷肠。

记得窗前这棵枣树是我到枣强工作后的第一个春天亲手栽下的。时间过得真快，不知不觉它竟长得与屋顶齐高了，主干比海碗还粗，树干超大，可与同龄的梧桐树相媲美。每到夏季，枝繁叶茂，郁郁葱葱，在烈日下绣出一片缓缓移动的绿荫，置身其中，惬意超然。

我知道，枣强因枣木强盛而得名。有时我会纳闷，为什么冀东平原上的枣树生长速度如此之快？因为这里是她的故乡，还是因为这里的人们对她有种特别的偏爱？枣树有灵性吗？这一天，我的心里终于有了答案。

我的家乡在太行山区，爷爷是地地道道的农民，今年已经95岁，身体依然很硬朗，是三里五乡出了名的庄稼把式。小时候，我经常跟着爷爷到果园里去玩。果园在半山腰，不大，却很美，屏障铺霞，像一幅精美的版画……里面有各种各样的果树，梨树、桃树、苹果树，还有漫山遍野的山楂和枣树。爷爷对我说，在咱这地方，枣树长得很慢，也没人管，长成啥样算啥样，到秋后能收一个就是赚头儿。这话在我的脑海里印记很深。印象更深的是，那些年家里穷，没啥好吃的，每到红枣成熟的时候，爷爷总会特意打一竿子捡几个放在篓里，收工后带回来分给我们，自己却舍不得吃一个。在那个年代，放学回家能吃上几个鲜枣，挺解馋的。什么叫隔辈儿亲？在红枣的甜香中，我慢慢尝出了爱与被爱的温暖与力量。

或许是因为爷爷的缘故，我喜欢上了枣树，这种喜欢发自内心。

我喜欢枣树的花，小小的，淡黄的，时节一到，她就会坐在母亲的怀里静静地绽放。枣花看上去并不像花，毫不起眼，也绝谈不上赏心悦目，但却能让你在老远的地方闻到弥漫在空中的芳香，随风荡漾，沁人心脾，不知不觉把你灌醉。

我还喜欢枣树的果实，或长长的，或圆圆的，熟透了以后深红色，既喜庆又养人。据史料记载，红枣的栽培已有八千年历史。早在西周时期人们就利用红枣发酵酿造红枣酒，是上乘贡品。现在，人们对红枣功能和作用的认知更丰富更科学了，许多专家称之为“天然维生素丸”。

在枣强工作这些年，每到秋天，我都会到村子里去了解一下枣农的收成咋样。孟庄，八十七户、三百零七口人，一千亩枣树。收获时节，整个村庄都被挂满枝头的红枣淹没，景色宜人，美不胜收。枣林里回荡着悠扬的歌声，“大红枣儿甜又香，送给咱亲人尝一尝……”枣农们脸上洋溢着丰收的喜悦。记得去年村支书老孟告诉我，如果能卖个好价钱，全村收入可突破五百多万元。听了老支书的话，我心里踏实了许多。

送走秋冬，就盼着春天的到来。等到枣花盛开的时节，我会去弥漫着醉人芳香的枣林中漫步。这时你会看到，成群结队的蜜蜂从四面八方赶来，一头扎在枣花丛中，似饿急了的婴儿，迫不及待、不顾一切地吮吸，一个个是那样专注。听着那细细的、悠扬的嗡嗡声，我会被蜜蜂只争朝夕、团结协作、用心做事的精神深深打动。

看到枣花，我会想起古人的一句话，“君子贵人贱己，先人后己”。这话的来历，不知是不是和枣花有关。我厌恶、鄙弃那些夸夸其谈、华而不实的东西，欣赏的是光明磊落、质朴真诚的品质。想到蜜蜂，就会崇拜和感恩那些不辞辛劳、忘我劳动的人们。

我觉得，任何人在任何时候任何情况下，最好不要把自己看得太高太大。我们就是一朵枣花，一只蜜蜂，力量虽小，只要是发自内心的善举，不管做多做少，不管做大做小，都是难能可贵的。如果说今生不能做惊天动地的大事，那就做一些力所能及的小事，这何尝不是一种伟大?

其实，从生到死，人一辈子就做两件事，一件是被人帮，另一件是帮别人，社会就是在相互帮助和运转中进步的。记得全国道德楷模林秀贞大姐有句话："人人都管事，世上无难事，人人都帮人，世上无穷人"。我想，她说的就是这个道理。

我常常扪心自问：人活在世上，究竟应该栽下点什么？多少年来，这句话深深埋在心里，也一直在激励着我发奋工作。因为我知道，信念的力量可以战胜一切。

此时此刻，我只想说，让我们珍惜时光，珍重友谊，始终怀揣一颗感恩的心，在生命的春天里再栽下一棵枣树吧，同时也在心里播下一颗梦想的种子，用劳动和汗水去浇灌，用无私和善举去呵护，让它生根、发芽，让它开花、结果，让它用绿枝和浓荫为这个世界带来一片清凉，让它用花香和果实为人们带来丰收和希望！

主角

因为我是这舞台的主角，
所以我每天必须把精神状态调整到最好，
让激情快乐的燃烧；
因为我是这舞台的主角，
所以每一台节目都是我自编自导，
力求扣人心弦独领风骚；
因为我是这舞台的主角，
所以摸爬滚打说学逗唱每样功夫都不能少，
绝不指手画脚；
因为我是这舞台的主角，
所以应处处为人师表，
不能被困难吓跑更不能被名利打倒；
因为我是这舞台的主角，
所以要学会用足用好分分秒秒，
不能让时光白白地打了水漂；
因为我是这舞台的主角，
所以给大家送去高兴满意温暖幸福，
就是对自己最好的回报。

【随心所“语”】

我以为，快乐比什么都好。敬请大家收下我送给你们的礼物：快乐！

快乐

快乐是生命的基石，
快乐是成长的阶梯，
快乐是耕耘时的动力，
快乐是成功后的泪滴，
只要把快乐的种子埋在心底，
人人都会收获奇迹。

快乐是难忘的惦记，
快乐是永远的给予，
快乐是风雨中的伴侣，
快乐是阳光下的感激，
只要把快乐的种子埋在心底，
幸福就会贯满天地。

后　记

在本书即将付梓发行之际，总想再唠叨几句，把想说而没有来得及说的话一句不落地说出来，也算了却自己的一桩心事儿。

说白了，就是想表明一个态度。因为这本书纯属随心所“语”，无论是诗词还是短语，虽然浅显直白，但都是我亲身的感悟，都是我心声的表达。常言道，隔行如隔山，就像一个放羊的让他改行赶马车一样，肯定会感到不那么得心应手，所以这本书的先天不足和错误之处在所难免。如果有一天你看见了，真诚祈盼你的指导和批评。在我看来，批评是表达爱的最真挚的一种方式，比起听几句冠冕堂皇、不知是真是假的恭维话，要舒服得多、有益得多。

恕我直言，这是一本不怕你笑话的书。其一，不怕你笑话这本书的样式是不是有点蹩脚。说是歌词集又不完全是歌词，说是文集又不像文集。因为这本书不是事前设计好的，开始只是想把我要表达的意思表达出来就够了，至于符合不符合诗词歌赋的规范要求并没有考虑。关于这本书的谋篇布局，也完全是感情用事、自作主张。按我的理解，大致将其分为“祖国就是我的家”、“我心中的兵”、“黎明被你的脚步惊醒”、“爱永远属于你”、“快乐没有寂寞的时候”五个板块。要说这本书不伦不类，我没有任何意见。同日常工作一样，我愿意尝试着去做一些与众不同的事儿。其二，不怕你笑话这本书的作者是不是有点正统。正统是我为人处世的原则，日常生活当中是这样，我的作品自然也会这样。人，正统一点心里踏实；文，正统一点，良心踏实。

现在，我想告诉大家，2012 年 12 月 6 日，我告别了魂牵梦绕、难舍难离的枣强，来到了衡水学院工作。我感激组织对我的信任和关心，还要感谢命运对我的偏爱和恩赐，给了我一次也许是最后一次难得的到大学学习的机会。这些日子，我似乎又回到了学生时代，心情年轻了许多。猛然放下沉甸甸的担子和压力，顿觉身轻如燕，像小孩子似的，倒有点“身在福中不知福”的感觉。忙碌的脚步真的不能停顿下来，人总得找点事做。由于这个原因，我想抓紧把这本书捣鼓出来。还有，过去满脑子装的全是工作，没有机会与年轻人面对面的交流。现在有时间到大学生中间听一听他们在想什么？看一看他们在干什么？问一问他们的追求和理想是什么？你会增加很多见识，也会被他们积极向上、激情四射的氛围所感染。青春，绝对是一道无与伦比的景色。我不知道我的这本书他们喜欢不喜欢，能不能给他们一点点帮助，我渴望我期待，哪怕只有一点点就好。帮助年轻人健康快乐的成长是我们的责任，正像当年大家帮助我们一样。

这本书能够与读者见面，首先我要感谢梦想，感谢她给了我迎难而上勇往直前的信心、勇气和力量。同时我要感谢党、感谢40万枣强人民给了我独特的工作舞台、生命体验、情感经历和心灵感悟，没有这些，恐怕打死我也写不出这本书来。更要感谢所有无微不至关心、支持和帮助过我的人们。本书在编辑出版过程中，原内蒙古军区参谋长郧建华将军、我的导师原中央党校出版社社长李援朝教授提了许多宝贵意见，特别有幸得到中国文联出版社朱庆社长的悉心指导和帮助，责任编辑胡笋老师为此倾注了大量心血和劳动，他们像给新娘梳妆打扮一样，使我用赤诚砌就的文字平添了几分姿色，越看越觉得好看，在此表示崇高的敬意和真挚的感谢！滴水之恩当涌泉相报。我会一如既往，继续努力，在新的岗位上充实自己、提升自己、做好自己。争取在写好有字书的同时，努力把人生这本无字书写好。

邢少英

2014年7月1日

音乐作品

1. 中国无穷　（胡旭东曲、殷秀梅唱）
2. 中国飞翔　（胡旭东曲、廖昌永唱）
3. 中国 OK　（文子曲、金波唱）
4. 呵护　（胡旭东曲、张暴默唱）
5. 媳妇　（胡旭东曲、咏峰唱）
6. 此时此刻　（胡旭东曲、王庆爽、咏峰唱）
7. 家有父母　（胡旭东曲、刘和刚唱）
8. 妈妈的笑容　（胡旭东曲、齐峰唱）
9. 百姓是根　（胡旭东曲、王丽达唱）
10. 一顺百顺　（胡旭东曲、张燕唱）
11. 花开都是爱　（胡旭东曲、祖海唱）
12. 唯一　（李戈曲、支予、周慧唱）
13. 咱当警察图个啥（胡旭东曲、师鹏唱）
14. 感激　（胡旭东曲、林贞儿唱）
15. 好起来　（胡旭东曲、李丹阳唱）
16. 时代颂歌　（胡旭东曲、李丹阳唱）
17. 为你高歌　（胡旭东曲、王莹唱）
18. 梦想成真　（胡旭东曲、林贞儿唱）